I0546423

Académie des Jeux Floraux.

CONCOURS DE 1859.

DISCOURS

QUI A OBTENU UN ŒILLET,

PAR

M. Gaston FEUGÈRE,

Professeur au Lycée d'Alençon (Orne).

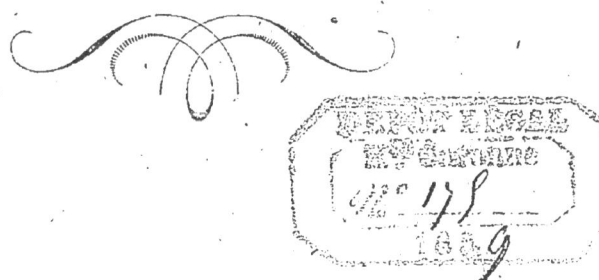

Yf

Yf 12616

TOULOUSE,

IMPRIMERIE DE DOULADOURE FRÈRES,

Rue Saint - Rome, 44.

1859.

A LA MÉMOIRE

DE MON EXCELLENT PÈRE

M. Léon FEUGÈRE.

1859

Yf 12616

DISCOURS

Qui a obtenu un Œillet;

Par M. Gaston FEUGÈRE, Professeur au Lycée d'Alençon (Orne).

QUESTION PROPOSÉE PAR L'ACADÉMIE :

D'OÙ VIENT QUE DE NOS JOURS LA HAUTE COMÉDIE A DISPARU DE LA SCÈNE POUR CÉDER LA PLACE A DES COMPOSITIONS DRAMATIQUES OÙ LA MORALE N'EST PAS MOINS OFFENSÉE QUE L'ART ?

> « Per far nascere teatro, vorrebero esser prima autori tragici e comici, poi spettatori. »
> (Parere di Vittorio Alfieri sull'arte comica in Italia.)

MESSIEURS,

La haute comédie s'éloigne de jour en jour de la scène française : si, à de rares intervalles, elle ose reparaître, soutenue par un vrai talent qui ait puisé ses inspirations aux sources de la morale et de la nature, elle ne rencontre chez le gros du public qu'une attention distraite. Et de quel côté se sont portées les vives et bruyantes sympathies des contemporains ? Etudiez les comédies que la faveur publique soutient et patrone : dans ces pièces, les caractères sont peu profonds, l'intrigue est savante et multiple ; les incidents s'y croisent, les complications s'y pressent à s'étouffer. Au XVIIe siècle, l'intrigue n'était que le cadre du tableau, trop souvent et à tort sacrifié. Molière dénouait, au milieu de la rue, les situations les plus

1

délicates. Aujourd'hui le cadre est plus que le tableau,
le fond disparaît sous la forme, l'étoffe sous la brode-
rie. Le seul but, le vrai succès est d'amuser la curio-
sité de ce grand enfant capricieux et volontaire, qui
s'appelle *la foule*. D'un autre côté, comme tout est
sacrifié à l'intérêt de l'intrigue, le plaisant qui est
l'âme de la bonne comédie, est rejeté dans quelques
scènes secondaires ; il n'intervient de temps en temps
que pour donner au drame sentimental le droit de
porter le nom de comédie : ce comique même ne
sort pas du fond du sujet ; ce ne sont que des traits
isolés, qu'on pourrait sans violence transporter autre
part ; c'est, pour ainsi dire, un comique de placage.
Enfin, le plus grave reproche que méritent ces pièces,
c'est que, malgré leurs grands airs de vertu et leurs
hautaines prétentions de dignité morale, elles sont
propres à inquiéter les légitimes délicatesses d'un
homme qui se respecte dans ses divertissements. A les
en croire, elles ne veulent qu'une chose, peindre la
société telle qu'elle est, avec ses vertus et ses vices ;
mais elles prêtent au vice des couleurs si séduisantes,
elles l'entourent d'un cortége si aimable de qualités
populaires, qu'on a peine à ne pas prendre en pitié
ces vertus bourgeoises et modestes, qui, pour n'être
pas dramatiques, n'en sont pas moins rares. Voilà les
leçons que la foule va chercher tous les soirs à la
comédie ! Et je ne parle pas ici de certains théâtres,
vraies écoles de scandale, où éclosent tous les jours
des œuvres qui outragent la langue aussi bien que la
morale, et achètent les rires par de misérables jeux de
mots et de grossiers libertinages. Le vrai danger n'est
pas là ; car l'affiche ne trompe pas, et s'il plaît à quel-
qu'un de s'égarer dans ces mauvais lieux, il sait bien
ce qu'il y va chercher, et ce qu'il y trouvera. Mais,
ce qui peut séduire le goût et troubler la conscience,

c'est une certaine classe de personnages de notre comédie contemporaine qui, sous le dehors d'une distinction étudiée, laissent percer une étrange morale. Sans doute, vous ne surprendrez pas dans leur langage une seule parole qui puisse blesser une oreille délicate ; ils ne sont même étrangers à aucune généreuse pensée, les plus graves comme les plus touchantes : devoir, amour, sacrifice, charité, ils ont toujours ces mots à la bouche ; mais écartez tout cet appareil de décence hypocrite qui n'épure et ne moralise rien, vous verrez la vanité de tous ces efforts pour donner un idéal qui manquera éternellement à toutes ces aventurières et ces chevaliers d'industrie qui composent le personnel de beaucoup de comédies aimées et applaudies. En vérité, la critique sérieuse et honnête doit s'inquiéter d'un tel état de choses, et reprocher sans détour et sans ménagement à la comédie contemporaine d'avoir trop souvent perdu le respect d'elle-même.

N'exagérons rien cependant : prétendre que le goût des saines traditions est éteint chez notre public et nos auteurs, serait une frivole exagération. Dieu merci, le beau et le vrai plongent dans le cœur humain de trop profondes racines, pour que ces formes éternelles du bien puissent être à la merci du premier révolutionnaire venu. La conscience morale et littéraire des nations peut sommeiller à certaines heures ; mais, comme l'étincelle endormie, elle se réveille et brille au moindre choc. Aussi ne sert-il de rien de maudire son siècle ; il faut laisser ces éclats de colère à ceux qui aiment les paradoxes, ou à ceux qui, par ces faciles emportements et ces généralités sans force, consolent les défaites de leur vanité. Et, pour ne parler que de la comédie contemporaine, nous savons des auteurs qui ont trop le respect de leur art pour s'égarer

dans ces voies corruptrices où tant d'autres, à la poursuite de succès faciles et bien payés, se précipitent
sans remords et se perdent sans retour. Ils ont compris
qu'une œuvre d'art qui n'exprime pas une idée morale
ne signifie rien, et que la comédie doit être un fidèle
miroir de nos faiblesses, où tout le monde puisse se
reconnaître pour se corriger. Ils ont tenté « la péril-
leuse entreprise de faire rire les honnêtes gens (1), »
mais sans s'abaisser à faire la cour au mauvais goût
du public. Enfin, ils ont témoigné qu'ils aspiraient à
l'héritage de ces grands comiques, qui ont égayé la
raison par l'enjouement, et surtout qui ont peint l'humanité, en faisant le portrait de leurs contemporains,
« ne se servant, comme on l'a dit (2), de l'image des
mœurs locales que comme d'une draperie légère jetée
sur le nu. » Ajoutons que le public a ses jours de justice et de réparation : quand il a vu passer l'image de
la haute comédie qu'il ne connaissait plus, il a éclaté
en applaudissements, remerciant avec effusion ceux
qui n'auraient pas désespéré de son bon sens.

Mais ces entraînements sont passagers, et la foule
court à d'autres œuvres, où brillent sans doute d'heu-
reuses qualités, mais qui font gémir ceux qui ont encore le courage de croire à la légitime souveraineté des
grandes traditions classiques. Il faut le dire, le mal est
profond, sinon sans remède ; la haute comédie, cette
Muse tout à la fois railleuse et sévère, grave et en-
jouée, à certaines heures mélancolique, triste même,
parce qu'elle a de nos misères et de nos ridicules une
connaissance parfaite, et nous aime malgré tout ; cette
Muse qui inspira les chefs-d'œuvre de Molière, le
XIXe siècle la traite avec une politesse dédaigneuse,

---

(1) Molière.
(2) Champfort.

comme une étrangère qui ne paye pas l'hospitalité qu'on lui donne par une gaieté assez divertissante, par un rire assez bruyant.

D'où vient le mal? Quelles causes repoussent de nos théâtres la haute comédie, pour livrer la place à cette sorte de comédie bâtarde, où se mêlent, sans être ménagés, les contrastes les plus violents; où les situations tragiques viennent se heurter contre les situations comiques ; et enfin, d'où s'échappe je ne sais quel sensualisme subtil et raffiné qui s'insinue dans les âmes, et affaiblit nos saines croyances? On comprend sans peine que, devant l'état d'abaissement moral et littéraire de la haute comédie, la critique ne peut soulever une question plus nécessaire et plus sérieuse. Car il ne suffit pas de s'attrister sur les destinées de notre théâtre : les oraisons funèbres ne ressuscitent rien ; mais la vraie critique, sans arrière-pensée de satire, pleine de respect et de sympathie pour les talents même qui s'égarent, va remontant aux causes du mal, pour l'attaquer à sa racine.

Ici la question est multiple, et le poëte comique n'est pas seul en cause. Car, dans une certaine mesure, il rend à la société ce qu'elle lui a prêté ; c'est chez elle qu'il va chercher les originaux de ses peintures. Or, avant d'accuser la copie de n'être qu'une ébauche pâle et indécise, il faut voir ce qu'était le modèle. Si c'est le peintre qui a, par impuissance, éteint ou effacé les vives couleurs de l'original, il est seul coupable d'avoir tenu le pinceau d'une main tremblante ; mais si le modèle est presque insignifiant, sans trait précis et distinct, faut-il s'étonner que la copie soit elle-même décolorée? Donc il est nécessaire tout d'abord de demander à la société contemporaine quels originaux elle a livrés au poëte comique. Cette question serait superflue si nous parlions de la tragédie, mais ici elle s'impose à nous la première de toutes. La comédie est bien plus attachée au temps que la tragédie : la tragédie vit surtout dans le passé, la comédie dans le présent ; la tragédie va partout ressaisir les héros qui lui appartiennent, à Athènes, à Rome, à Sparte ; elle n'est ni arrêtée par la diversité des âges, ni limitée par le temps. La comédie n'a pas ces horizons infinis ; si d'un côté elle est la peinture de l'humanité, elle doit aussi réfléchir la physionomie particulière de l'époque, du pays, de la génération présente.

Or, l'heure favorable pour le peintre comique, est celle où des traits fixes et constants, des ridicules nettement marqués s'offrent à son pinceau. Cela se rencontre dans ces jours de calme où la société n'est ni agitée par de secrètes inquiétudes, ni troublée par la crainte du lendemain. C'est alors que se dessinent avec précision les travers de chaque classe. L'ordre qui est en toutes choses, empêche la confusion des ridicules, et nos faiblesses se livrent, pour ainsi dire d'elles-mêmes à l'observateur. Le peintre nous étudie, non plus aux prises avec telle ou telle passion qui nous défigure, mais comme à l'état de repos et dans notre attitude naturelle. Ces instants sont courts dans l'histoire des peuples ; j'ajoute même qu'une telle sécurité ne doit pas durer trop longtemps, parce qu'elle est voisine de la léthargie, et que, pour les nations comme pour les particuliers, vivre c'est travailler, s'inquiéter et souffrir. Mais, il faut l'avouer, ce sont là de précieux moments pour l'observation morale de l'homme. Molière eut le singulier bonheur de naître au milieu d'une pareille société, où chaque chose avait sa place, où rien n'était confus, irrégulier, où nul détail ne combattait l'harmonie de l'ensemble. Ce

siècle d'ordre et de discipline voguait sur une mer sans
écueils et sans tempêtes ; les sujets aimaient leur
prince, ne disputaient pas sur les droits et les limites de son autorité, et lui abandonnaient volontiers
l'honneur comme la fatigue du commandement. Cependant, au milieu de cette paix, qui n'était pas le
lourd sommeil de l'insouciance, chaque classe se dé-
tachait, par ses qualités et ses défauts propres, du
fond commun de la société. Grâce à cet ordre de choses, chaque ridicule avait, si j'ose dire, son chez-soi
où il était le maître. Le *contemplateur*, silencieusement
assis à l'écart, pouvait ainsi saisir tous ces contrastes
de mœurs, dans cet épanouissement que leur donnait
une complète sécurité. On peut dire que les contemporains de Molière travaillèrent, sans le savoir, aux
éternels portraits de leurs ridicules.

D'autre part, l'esprit de société, la politesse des
mœurs, qui de jour en jour adoucissait, peut-être en
l'affaiblissant, la vieille physionomie gauloise aux an-
gles saillants, aux traits heurtés, contenait dans leur
vraie mesure les éternels travers de la nature humaine.
Les ridicules ne se changeaient pas en vices grossiers.
Les Jourdains que Molière rencontra, ne sortaient pas
des limites du plaisant et du comique; c'était assez
de s'égayer aux dépens de leur sotte vanité. De même
les précieuses du xviie siècle n'étaient que *ridicules*.
Leur travers ne méritait pas de soulever les colères du
moraliste, il ne pouvait inspirer que le vif et gai langage de la comédie. J'excepte les Tartufes, qui partout
seront également odieux : il appartient au génie comique de les rendre tout ensemble odieux et ridicules.
Bref, dans cet âge de brillante culture et de fine politesse, les défauts n'avaient rien de grossièrement exces-
sif; au contraire, ils s'offraient dans cette juste propor-
tion qui marque le moment où l'artiste doit les saisir.

Mais un tel état de choses ne dura pas longtemps, et il ne faut pas s'en étonner, car « il n'y a, dit un auteur allemand (1), de durable que le changement. » Déjà, sous Louis XIV vieillissant, la société française se prit à s'attrister comme son roi : le xviiie siècle venait de s'ouvrir ! Alors les surprenantes nouveautés s'élevèrent de toutes parts ; tout fut ébranlé, tout menaça ruine. La foi chrétienne et le respect de la monarchie, ces deux solides fondements de la nation, furent contestés, calomniés, outragés : la société se rangea en deux camps. Il n'entre pas dans mon sujet de redire cette lutte pleine de misère et de gloire ; ce que je tiens à marquer, c'est le changement du caractère national. La physionomie souriante et ouverte du xviie siécle fit place à une attitude de défiance réciproque : on ne vit plus de ces naïfs laisser-aller que pouvait saisir le poëte comique ; chacun était comme sur la défensive ; la gaieté était trop bruyante pour être sincère, et les habiletés de l'esprit imitaient mal les épanchements du cœur. Les ridicules devinrent timides ; ils eurent peur de se livrer, et se replièrent sur eux-mêmes : la comédie se trouva mal à l'aise dans cette société habile à se dérober aux malignes observations. Ce fut le temps où furent écrites la poétique de Diderot et les larmoyantes comédies du « révérend Père la Chaussée » ; et en vérité, faut-il le leur pardonner un peu, parce qu'ils n'eurent à copier presque aucun caractère digne de la comédie.

Ces caractères sont-ils revenus aujourd'hui ? Ce serait un bon signe, car souvent les travers sauvent des vices. Efforçons-nous donc de fixer en quelques traits précis la physionomie de notre siècle : cette

---

(1) Louis Bœrne.

étude, faite sans partialité chagrine, nous apprendra si les auteurs sont seuls coupables de l'affaissement moral et littéraire de la comédie.

Il ne faut pas dire que la haute comédie a disparu parce qu'il n'y a plus en France de caractères ; c'est, il me semble, passer la vérité et trancher trop lestement une si grave question. Mais on peut avouer que nos caractères n'ont plus ce relief et cette netteté précise qui favorisèrent singulièrement le génie d'observation de Molière. Aujourd'hui une sévère discipline ne classe plus les rangs et les professions, et n'assigne plus à chaque ridicule son chez-soi. Les barrières qui séparaient les différents ordres de la société sont tombées. Il n'y a plus guère de ces contrastes de mœurs qui naissaient naturellement de cette éternelle rivalité de la noblesse et de la bourgeoisie, l'une aspirant à sortir de sa médiocrité et se consolant de ses mécomptes d'amour-propre par une plaisante et maladroite parodie, l'autre se défendant contre les envahissements d'en bas avec une comique vivacité. Cet esprit exclusif et cet orgueil de caste ont disparu ; la société s'est mêlée ; partant les traits distincts de chaque classe se sont presque effacés. Je ne doute pas que la noblesse et la bourgeoisie n'aient beaucoup gagné à ce rapprochement : celle-là, sortie enfin de ce huis clos où l'oisiveté énervait ses forces, a agrandi l'horizon de ses pensées ; celle-ci a retiré de cette intimité une distinction de ton et de langage qu'elle n'avait pas. Mais, il faut l'avouer, les physionomies ont perdu quelque chose de leur originalité, parce qu'il n'y a plus de ces distinctions de classe qui faisaient ressortir les ridicules et les accusaient par des traits fixes et constants.

D'un autre côté, comme tout tend à l'unité, la chose du monde qu'on redoute le plus c'est le ridicule, parce

que le ridicule est une sorte de résistance à l'ordre
général. On cherche surtout à se perdre dans la foule
et à ne pas trancher, par une allure particulière, sur
ce fond uniforme. Les médecins ne vont plus visiter
leurs malades, montés sur des mules, revêtus d'une
longue robe et la tête emprisonnée sous une lourde
perruque. Mais, qu'on y prenne garde, le jour où les
médecins se sont habillés comme tout le monde, ils
n'avaient plus en eux rien qui pût divertir; ce n'é-
taient plus des personnages de comédie. A ce point de
vue, les juges et les avocats ont bien dégénéré de
leurs respectables ancêtres, et je n'ose pas le leur reprocher trop sévèrement. Cette fureur des procès, cette
passion des longues audiences, cette haine vigoureuse
pour tout accommodement à l'amiable, ce pédantisme
d'un langage hérissé de citations grecques et latines,
nos magistrats ont perdu tout cela. C'est que les hommes de loi sont devenus des hommes de société : ils
n'ont plus été avocats ou juges des pieds à la tête,
comme au dix-septième siècle ; de nouvelles idées, de
nouveaux goûts ont brisé le cadre étroit et borné de
leur vie. La race des Perrin-Dandin est éteinte. Peut-
on le nier? rien ne détruit plus les ridicules de profession que le commerce du monde et l'usage des sa-
lons : à ce contact les bizarreries s'affaiblissent bien
vite, et font place à un ton général et uniforme.

On le voit : certains types de personnages comiques
sont perdus aujourd'hui. Est-ce à dire que Molière ne
trouverait plus à rire dans notre société de gens graves? N'avons-nous plus d'Harpagon, de Jourdain, de
Dom Juan, de Tartufe, de Sganarelle, d'Armande et
de Bélise? Sans doute nous les avons tous encore, car
ce sont les vanités, les sottes prétentions, les amours-
propres blessés, les honteuses hypocrisies qui font les
frais de la comédie; et, aujourd'hui comme toujours,

c'est le fonds qui manque le moins. Mais, il faut le remarquer, nos ridicules n'ont plus, si j'ose dire, cet air de franchise et de bonne humeur qui égayait ceux du dix-septième siècle. Tout est attristé dans notre société. et si l'on en demandait la raison, l'histoire serait là pour répondre. Que d'étranges spectacles sont venus tour à tour nous étonner et nous effrayer! à combien de confusions avons-nous assisté! quel découragement des saines croyances! Le scepticisme railleur a envahi les âmes et s'est écrié: « Rien n'est vrai sur » rien. » D'autre part, quelle soif nouvelle de richesses! quelle audace d'ambitions effrénées! quelle infatigable poursuite du bien-être matériel! C'est bien le temps où, selon la grave parole de Bossuet, « l'on » tient tout dans l'indifférence, excepté les affaires et » les plaisirs. » Faut-il s'étonner que notre caractère ait ressenti comme le contre-coup de toutes ces violentes secousses, et que la gaieté se soit voilée?

Voyez M. Jourdain : il vit encore et se porte à merveille; mais sa physionomie est devenue mélancolique et sombre. Je l'avoue, je pressentis ce changement quand je l'entendis regretter de n'avoir pas eu le fouet devant tout le monde pour savoir ce qu'on apprend au collége. Il savait enfin qu'il ne savait rien, et voulait à tout prix « avoir de l'esprit et raisonner des choses » parmi les honnêtes gens. » Malgré Mᵐᵉ Jourdain et Nicole, il ne congédia pas son maître de philosophie, il apprit beaucoup et de grand cœur. Mais, au siècle suivant, il s'avisa qu'il n'avait rien à gagner à donner dans le marquis; il ne chercha plus à atteindre jusqu'à ces grandes amitiés de l'aristocratie dont il était toujours la dupe; il lut Rousseau, médit des nobles et devint révolutionnaire. Il y perdit sa gaieté et cessa d'être plaisant. Aujourd'hui, s'il est un peu désenchanté de la science et de la politique, il

n'a pas repris sa bonhomie du dix-septième siècle, il
lit les journaux, est électeur et veut être député ; cela
suffit pour attrister son maintien et donner à sa physionomie une gravité soucieuse qui n'a plus rien d'a-
musant.

Grandet et Mercadet sont plus usuriers, plus spécu-
lateurs que l'Harpagon du dix-septième siècle : ils sont
moins comiques. Ils n'ont garde de laisser dormir leurs
écus dans leurs jardins ; « l'argent est comme nous, dit
» le père Grandet, il faut qu'il travaille. » C'en est fait,
ils ne se donneront plus la peine de dire que ce sont
des coquins qui font courir le bruit qu'ils ont assez de
bien ; ils ne craindront plus qu'on vienne leur couper
la gorge dans leurs maisons ; ils ne seront plus embar-
rassés à inventer une cache fidèle, et leurs pendarts
de valets ne les incommoderont plus. Bref, ils seront
plus odieux que plaisants et ridicules.

Armande et Bélise font des livres : de femmes savantes, elles sont devenues femmes auteurs. Elles se
sont lassées de régner dans un salon, de disserter sur
le langage et de recevoir ou de rejeter les locutions
nouvelles ; leurs prétentions se sont agrandies : elles
ont quitté l'hôtel de Rambouillet pour se mêler aux
turbulentes réalités de la vie publique ; elles ont ou-
vertement aspiré aux honneurs comme aux périls de la
popularité. Mais, par cela même, Armande et Bélise
échappent aux prises de la comédie. Bon gré, mal gré,
il faut les traiter, non plus comme des femmes que
l'on renvoie à leur ménage, mais comme des philoso-
phes, des publicistes, des romanciers. Les plaisanteries de Molière sur les femmes savantes ne sont plus
qu'un chapitre amusant d'histoire littéraire.

Cette énumération incomplète suffit peut-être pour
montrer que la première cause de la décadence de
notre comédie vient de la société même : c'est, d'un

côté, cet affaissement des caractères qui rend l'originalité timide et honteuse de soi ; c'est la peur du ridicule, et cet empressement à se perdre dans la foule,
d'où est né le *decorum* contemporain, vertu commode
et large qui permet les plus graves excentricités pourvu
qu'elles se cachent ; d'un autre côté, comme notre société ressent un immense besoin d'activité extérieure,
elle n'a plus, si j'ose dire, le temps d'être ridicule :
chacun court à ses affaires, sans s'occuper de son voisin. Or le comique ne fleurit que dans une société qui
est de loisir. Faut-il s'étonner que la comédie, déconcertée devant les modèles qu'elle avait à peindre,
soit devenue infidèle à elle-même et se soit tournée en
drame sentimental et pleureur ?

Mais la société ne donne pas seulement au poëte comique les originaux de ses peintures, c'est elle encore
qui lui fournit son auditoire. Le public, ce grand faiseur et défaiseur des renommées, a sur les auteurs,
en bien comme en mal, une influence qui n'est jamais
médiocre. Quelques critiques se plaisent à dire le contraire : à leur gré, le public est le souffre-douleur et
le patient martyr de toutes les fantaisies de nos poëtes
dramatiques ; il ne sait ni se défendre ni se plaindre,
et ses colères ne sont pas plus réfléchies que ses sympathies. Quant aux auteurs, ce sont des enfants gâtés
qui ne suivent que leur caprice, et en cela ils ont
raison, parce qu'ils ont affaire non plus à un juge délicat et irritable, mais à un Géronte si docile

..... qu'ils ne parviendront jamais à lui déplaire (1).

Ne vous fiez pas à ce prétendu Géronte ; c'est un faux
bonhomme : son air satisfait ne prouve pas qu'il soit

---

(1) Vers de l'*Impertinent*, de Desmahis.

sans volonté; mais il est entendu à demi-mot, et il n'a jamais besoin de commander bruyamment. Le public est le souverain le plus absolu et le mieux obéi ; ses adroits courtisans devinent ses caprices, et lui épargnent la peine de demander, je dis plus, celle de désirer. A tout prendre, nos auteurs comiques ne sont souvent que des complices, dont la seule faute est de ne pas oser se dérober aux impérieuses et muettes volontés de leur maître. Aussi, dans la recherche des causes qui conspirent à éloigner la haute comédie de nôtre scène, faut-il compter l'usage funeste que le public a fait de son autorité.

Au dix-septième siècle, c'était surtout la noblesse qui allait au théâtre, et pour elle la comédie n'était pas le passe-temps d'une soirée désœuvrée, mais un plaisir délicat de l'esprit et du goût. Elle n'accordait pas à la légère l'honneur de son suffrage ; les faux sentiments et les méchants styles la blessaient cruellement ; une intrigue trop compliquée la fatiguait ; elle voulait là, comme partout ailleurs, le naturel et le vrai. Il y avait du sérieux dans le plaisir même. Aussi cette sûreté de goût la défendait contre ces jugements irréfléchis qui se vengent le lendemain par de violentes et injustes réactions. A peine peut-on compter dans ce siècle deux ou trois erreurs qui ne furent que des surprises. L'*honnête homme* se tenait éloigné de ces admirations emportées et de ces dénigrements excessifs ; il se connaissait à tout, et jugeait les œuvres d'esprit bien et finement ; ajoutez qu'il ne mettait la main à rien, et que cette situation de spectateur désintéressé le plaçait au-dessus des étroites jalousies et des mesquines rivalités. Cette fermeté de goût se rencontrait également chez les femmes ; leur sensibilité naturelle ne troublait pas les lumières de leur raison, et ne se laissait pas éblouir par le merveilleux et le romanesque. C'est qu'une forte éducation, qui se poursuivait toute leur vie, les préparait admirablement à ce rôle de critiques. Personne ne se fût avisé d'accuser de pédantisme ces femmes qui, dans la lecture « de quelque belle morale de Nicole, s'arrêtaient tout court pour ne pas la dévorer si promptement (1), » ou encore qui méditaient à deux Tacite et le Tasse, « car c'eût été dommage de jouir toute seule d'un tel plaisir (2). » Et c'était à voix basse qu'un jour Mme de Sévigné avouait à sa fille « qu'elle ne haïssait pas les grands coups d'épée ; » mais, ajoutait-elle, « je prie que l'on m'en garde le secret. » De tels juges étaient dignes de conseiller et de soutenir le génie de Molière. Ce public, formé presque par une seule classe de la société, attachée aux mêmes traditions littéraires, fut puissant par son unité même. Aucun conflit de sentiments, aucune rivalité d'écoles n'affaiblissait l'autorité de ses conseils. Le goût n'était pas ce mot vague et capricieux que chacun inscrit sur son drapeau et entend à sa manière : ce qui était beau la veille restait beau le lendemain.

Cette unité manque au public contemporain. C'est que la passion du spectacle s'est étendue à toutes les classes de la société. Cette prodigieuse popularité semble même s'agrandir encore chaque année (3). Un acteur aimé est plus payé qu'un maréchal de France ; comme les étrangers menacent toujours de nous le ravir, c'est avec des chaînes d'or que nous le retenons. Cet amour du théâtre a gagné la province, et l'on parle de certaines villes qui, pour satisfaire sans re-

---

(1) Lettres de Mme de Sévigné.

(2) *Idem.*

(3) Le total des recettes des théâtres de Paris s'est élevé, dans l'année 1858, au chiffre de 13,878,499 fr. En 1857, la recette était de 13,746,264 fr.

tard leur impatience, ne reculent pas devant la fatigue
d'un voyage et la perte de deux journées. Ce sont surtout les comédies sentimentales et larmoyantes qui
rassemblent la foule. Mais, qu'est-il arrivé? Beaucoup
de connaisseurs fins et délicats, effrayés de cette
cohue, se sont retirés à l'écart. Les auteurs ont perdu
leurs meilleurs conseillers, et se sont trouvés en face
de spectateurs étrangers les uns aux autres, sans com-
munauté de goûts et d'opinions. Ce qui est arrivé était
facile à prévoir. Trop souvent la comédie n'a pas osé
résister aux volontés de la foule, ce souverain multiple et non moins exigeant; elle a déserté les saines
traditions pour se jeter dans cette vie aventureuse de
courtisan où l'on ne manque jamais de bonnes raisons
pour se justifier à soi-même ses faiblesses et ses lâ-
chetés.

L'esprit littéraire n'est pas éteint dans notre pays,
mais il faut le chercher autre part qu'au théâtre. Cette
foule ondoyante et diverse veut avant tout être amusée.
Elle est peu soucieuse des délicatesses de l'art; ce
qu'elle aime, c'est ce qui la saisit vivement, les contrastes, les péripéties, le passage brusque et heurté
de la joie à la douleur. Faites-la beaucoup rire ou
beaucoup pleurer, c'est ainsi que vous parviendrez à
lui plaire. Quand nous venons nous asseoir au théâtre,
nous sommes fatigués de notre journée. Le public du
dix-septième siècle avait le temps de prendre au sérieux la comédie; il vivait dans un loisir inaltérable,
et n'ayant rien de mieux à faire, il réservait pour les
choses du goût toute la fraîcheur de son esprit. Notre
société n'a plus ce loisir; le meilleur de notre esprit
appartient aux affaires. Le théâtre est le repos du soir,
rien de plus. Aussi tous ces spectateurs, à peine
échappés aux émotions d'une journée laborieuse, pour-
suivis encore par leurs fatigantes préoccupations, fe-

ront bon marché de l'art; ils ne demandent que le
plaisir.

Le public ne pouvait faire à la comédie une plus
misérable condition. Pour conjurer le mal, il aurait
fallu que les auteurs fissent violence à ce public en-
nuyé et dédaigneux, au péril même de leur popularité; ils n'ont pas accepté ce sacrifice. Alors le tragique et le plaisant se sont mêlés, l'extraordinaire a
été recherché, le paradoxe impertinent est monté sur
la scène. En un mot, la comédie s'est soumise à tous
les caprices de son maître; mais, envahie par les autres genres, elle a perdu son vrai caractère, elle n'a
plus été elle-même, et ç'a été la juste et sévère punition
de ses coupables complaisances.

Il est temps de considérer de plus près cette cause
de la décadence morale et littéraire de la haute comédie, je veux dire l'aveugle soumission aux ordres de la
foule, et les vulgaires et étroites préoccupations de
l'esprit commercial.

Osons le dire, beaucoup d'écrivains contemporains
ont commis une grande faute, et la littérature en a
porté la peine. Ils ont laissé fléchir dans leur âme le
sentiment de l'idéal. L'idéal, c'est l'effort persévérant
et désintéressé vers le mieux, c'est le mot du Poëte :

Nil actum reputans, si quid superesset agendum.

L'artiste, à la poursuite de l'idéal, dédaigne les
bruits passagers d'une vaine popularité; il travaille les
yeux fixés sur l'avenir. Si l'avenir trahit ses vœux, au
moins aura-t-il consolé sa vie par de touchantes illu-
sions. Mais malheur à celui qui n'aura vu qu'un gagne-
pain dans l'œuvre de son intelligence ! Il a flatté tous
les caprices de la foule, ose-t-il espérer qu'il survivra
à ces caprices mêmes? Ce public qui l'applaudit au-

jourd'hui l'étonnera demain par son ingratitude ; et ce ne sera que justice : « *Vani mercedem vanam receperunt.* » Car l'écrivain qui n'a pas écouté le maître intérieur, a trahi la cause de l'art. Ne l'oublions jamais : les seuls ouvrages qui vivent, en quelque genre que ce soit, sont ceux que l'idéal a touchés. Idéal ! nom sacré ! chose profonde et indéfinissable ! tu es la dignité de l'artiste, l'ange gardien de son travail, le consolateur de ses fatigues ! tu désespères et tu soutiens ! toujours tu nous échappes sans cesse de nous attirer ! tu es l'âme de toute poésie et de toute éloquence, et si ton seul reflet descend sur notre œuvre, tu l'immortalises.

Eh bien ! l'une des causes qui ont hâté la décadence de la haute comédie, c'est que beaucoup d'auteurs contemporains ne croient plus à l'idéal. C'est la défaite de l'art et le triomphe du métier. De là cette précipitation à élever sur des bases fragiles le tremblant édifice de sa renommée. Et ne pensez pas que vos reproches toucheront beaucoup de pareils écrivains ! Ce n'est plus à des artistes, à des poëtes que vous parlez, mais à des gens positifs et pratiques, qui spéculent sur leur art. Pourquoi ces grands mots ? Leur idéal, c'est de pousser leur chef-d'œuvre jusqu'à la centième représentation ; leur idéal, c'est d'échapper aux sévérités de la censure officielle. Tout finit là, et s'ils vivent en bonne intelligence avec le public et la Commission, ils sont assez payés de leurs peines ; leur commerce en vaut un autre. D'ailleurs le souci de la postérité ne les trouble pas, ils ont oublié le beau vers d'André Chénier :

L'illusion féconde habite dans mon sein.

Comme le maître de musique de M. Jourdain, ils aiment surtout « les louanges monnayées. » Si vous leur demandez quel est le but de leurs efforts et le

terme de leurs ambitions, ils vous répondront comme
le comédien de *la critique du Légataire :* « Quelque
» succès qu'ait notre pièce, nous n'espérons pas, Mes-
» sieurs, qu'elle passe aux siècles futurs ; il nous suffit
» qu'elle plaise présentement à quantité de gens d'es-
» prit, et que la peine de nos acteurs ne soit point in-
» fructueuse. » La haute comédie, en lutte avec ces
préoccupations de l'esprit positif, a fléchi ; l'artiste s'est
évanoui, il n'est plus resté qu'un homme d'affaires.

Il était naturel qu'un pareil état de choses vît fleurir
la collaboration ; car il faut se hâter et doubler ses
forces : la faveur populaire a ses retours et ses caprices. Je sais que pour défendre ces étranges associa-
tions, on citera de grands noms : Corneille ne fut-il
pas le collaborateur de Molière ? Parmi nos plus séduisantes comédies contemporaines, plusieurs ne sont-
elles pas signées de deux noms ? Un spirituel académicien (1) répondra qu'il aime à connaître celui qu'il
doit remercier du plaisir de sa soirée : il lui semble
qu'un joli trait, une scène habilement menée soit
anonyme, quand il y a deux propriétaires. Mais le
public n'a pas ces scrupules d'académicien, il s'in-
quiète peu de rechercher la paternité d'une œuvre qui
lui plaît, et

Le nombre des auteurs ne fait rien à l'affaire.

J'accorde tout cela ; mais ce qui reste vrai, c'est que
le Tartufe et le Misanthrope n'appartiennent qu'à
Molière. L'unité est le caractère des grands ouvrages.
Cette unité n'est pas une certaine symétrie matérielle
et extérieure, c'est l'idée première de l'artiste, c'est

_____

(1) M. Lebrun. Réponse au discours de réception de M. Emile
Augier.

le pourquoi de son œuvre. Or il est difficile que l'inspiration soit une, dans ces comédies nées de la collaboration : l'œil exercé y saisira comme un double
courant réuni par force dans un même lit. Et d'ailleurs, peut-on de bonne foi comparer ces rares et
discrètes alliances à ces vastes ateliers d'où partent
tous les jours des pièces, qui, soutenues par les complaisances de la critique, font leur chemin et vont
ramasser de l'argent pour les besoins de la commu-
nauté? Tout un monde s'agite dans ces fabriques : l'un
construit la charpente, l'autre se charge du soin des
détails ; des ouvriers secondaires et mal payés sont
associés à la tâche commune : pour hâter le travail, il
faut le diviser. Pressons-nous ! Que le public ne puisse
pas dire qu'il a failli attendre ! C'est un client suscep-
tible et impatient, qui paie en grand seigneur, mais
qu'il faut servir sans retard !..... La haute comédie
n'habite pas dans ces centres d'activité tumultueuse :
fière comme toutes les Muses, elle veut être courtisée
par des gens de loisir qui la prennent au sérieux et
lui consacrent, sans arrière-pensée, le meilleur de
leur esprit.

C'est encore une marque assurée de l'affaiblisse-
ment de l'idéal que cette habitude prise par tant d'auteurs contemporains de changer un roman en comédie.
Cette ingénieuse recette pour doubler le profit d'un
succès, est contraire à la dignité de l'art. Pourquoi
faut-il qu'il se soit rencontré des artistes éminents qui
aient eu leur jour de faiblesse? J'ose dire qu'ils ont
donné un mauvais exemple. Grâce à eux, il s'établit
de plus en plus cette fausse opinion, qu'un bon roman
devient facilement une bonne comédie. Cependant la
limite de ces deux genres littéraires veut être sévèrement maintenue. Le romancier fait avant tout une

œuvre de psychologie ; il analyse et décompose. Il prend la passion au berceau et la montre se développant par degrés successifs et envahissant peu à peu l'âme de son personnage, pour la dominer enfin. C'est, si j'ose dire, un voyage à petites journées dans ces régions mystérieuses du cœur humain. Le poëte tragique ou comique ne doit pas s'attarder à décrire la marche progressive de la passion ; il n'a pas le temps de démonter les pièces qui s'ajustent pour former un caractère. Quand le rideau se lève, le personnage doit être tout formé et prêt à l'action. De plus, le romancier ne s'adresse qu'à l'imagination du lecteur, le poëte dramatique s'adresse aux yeux du spectateur : ce qui peut se raconter ne peut pas toujours être mis en scène : l'imagination a des complaisances que l'œil ne saurait avoir ; les invraisemblances sont plus choquantes sur le théâtre ; enfin, on doit plus de ménagements au spectateur qu'au lecteur. De là il faut conclure que la comédie a tout à perdre en devenant la doublure du roman. Il est bon que chaque genre littéraire reste chez soi. Et c'est faire la critique d'un roman que de dire qu'il en est sorti une bonne comédie, comme c'est faire la critique d'une comédie que de dire qu'elle est née d'un bon roman.

Nos auteurs contemporains entendraient ces vérités si le sentiment de l'idéal présidait à leur travail ; mais, hélas ! ce sont de vrais enfants du siècle ! Ils se répètent trop souvent ce célèbre proverbe qui semble le mot d'ordre de notre génération active et laborieuse : *The time is monney*. Partant, ils se précipitent de trop bonne heure dans cette difficile et glissante carrière du théâtre ; ils ne prennent pas le temps d'observer que la bonne comédie est la peinture parlante des ridicules d'une nation ; ils font notre portrait avant de nous connaître, et s'attirent, à juste raison, le re-

proche que Geoffroy faisait un jour à M. J. Chénier :
« Pour n'avoir pas été assez longtemps écoliers, vous
» ne cesserez jamais de l'être : » Aussi les promesses
de leur jeunesse sont-elles menteuses : ils ne portent
que des fleurs, la saison des fruits ne vient pas. Ont-
ils créé une œuvre qui dans le monde ait reçu un bon
accueil ; c'est une mine qu'ils exploitent. Le roman ,
pour grossir les recettes , reparaît déguisé en comédie.
Rien n'est plus naturel , et le public lui-même s'éton-
nerait qu'il en fût autrement.

Mais , pour saisir sur le fait et montrer à l'œuvre
toutes ces influences funestes , je dois parcourir les
diverses tendances de la comédie contemporaine. Je
chercherai à montrer que toutes ces tendances sont mor-
telles au véritable esprit de la comédie et s'accordent à
hâter la décadence morale et littéraire de cet art.

Et d'abord , le caractère essentiel de la comédie
a été singulièrement dénaturé par l'envahissement
du tragique. Les situations touchantes ou terribles
peuvent traverser la comédie , elles ne doivent pas en
être le fonds :

> Le comique, ennemi des soupirs et des pleurs,
> N'admet point dans ses vers de tragiques douleurs.

Or la plupart de nos comédies, qu'elles l'avouent ou
qu'elles s'en défendent, sont de véritables drames. Ce
genre faux n'est pas d'ailleurs une nouveauté. Plu-
tarque le définissait parfaitement quand il reprochait
à Aristophane d'avoir mêlé le tragique et le comique.
Le dix-huitième siècle fut si enchanté de l'avoir re-
trouvé, qu'il s'imagina l'avoir créé. Diderot donna le
précepte et l'exemple. Beaumarchais déclara le drame
«la plus haute conception à laquelle l'esprit humain
puisse s'élever. » Le drame poursuit le cours de ses

brillantes destinées ; la fortune ne l'a pas encore trahi.
Mais la critique ne doit cesser de le répéter : la comédie
n'a rien à gagner dans cette alliance avec la tragédie ;
ce sont deux principes opposés que vous réunissez par
force , l'un des deux doit céder. J'ajoute qu'il était
facile de prévoir l'issue de cette lutte inégale. Là où
pénètre le tragique , il domine bientôt. C'est un hôte
que vous recevez sans défiance , et qui ne tarde pas
à devenir le maître chez vous. Le comique a dû s'effacer
de plus en plus pour céder la place à ce dangereux
auxiliaire qu'il avait appelé. Et il faut s'entendre sur
cette sorte de tragique qui a envahi la comédie. Le vrai
tragique , celui de Racine et de Corneille , naît de la
violence des passions et de la grandeur des caractères ,
en bien comme en mal : le tragique faux et artificiel ,
celui du drame contemporain , vient de la création
arbitraire de situations étranges , inouïes, impossibles.
Tout est poussé à l'excès ; c'est le goût en démence.
Mais voici la conséquence de ces désordres. Trop
souvent le théâtre , livré à la recherche de l'extraordinaire , n'a plus été la peinture de la société ; il a
pris le contre-pied de la vérité. Le monde que nous
voyons sur la scène n'est pas à beaucoup près celui
dans lequel nous vivons. Ce serait un malheur pour
notre siècle que d'être jugé d'après son théâtre : notre
société , avec ses faiblesses et ses ridicules , vaut
beaucoup mieux que cette société chimérique , arbitraire , créée par l'imagination de nos auteurs. Ainsi
les caractères n'ont plus été la première préoccupa-
tion de l'artiste : il a cherché avant tout à occuper
l'attention du spectateur par les incidents merveilleux , les complications bizarres, le bruit et le fracas :
une sensibilité fausse , un ton larmoyant entrecoupé
de soupirs a étouffé le vrai comique : en un mot, le
drame a perdu la comédie.

Je distingue en outre deux autres tendances de la comédie contemporaine, qui sont opposées, et cependant
également funestes à l'esprit de la bonne comédie.

C'est d'abord l'abus du lyrisme. Quelle surprise
d'entendre d'honnêtes bourgeois s'abandonner dans
leur ménage et au coin du feu à de vagues rêveries et
à de lyriques exaltations ! Ce ton gagne insensible-
ment les autres personnages de la pièce, si bien que
nous ne savons plus dans quelle société de mystiques
nous nous sommes égarés. O avoués lyriques, ô pères
de famille poëtes, ô marchands malgré vous ! vous
nous ressemblez par vos faiblesses et vos défauts ;
mais en vérité pourquoi ne parlez-vous pas comme
nous ? Vous aimez la campagne, les bois profonds,
les eaux courantes, et les douces senteurs du prin-
temps ? Jouissez sans phrase de ces faciles plaisirs.
Vous goûtez la bonne musique ? je vous en félicite ;
mais ne dites pas que les mélodies s'échappent de
votre cerveau « comme des nichées d'oiseaux. » Ce ton
ne vous convient pas. Vous êtes bourgeois comme
nous : n'en rougissez pas, et ayez le courage de ne
pas nous humilier. Les malins diront que vous avez
plus de mémoire que d'imagination. Cependant il est
possible que vous soyez poëtes naturellement ; mais,
si j'ose parodier le mot de Géronte, je vous dirai :
Que diable alliez-vous faire dans une comédie ? Les
poëtes lyriques sont déplacés sur la scène, ils ralen-
tissent la rapidité de l'action dramatique, ils impa-
tientent le spectateur par leurs interminables mono-
logues : car leur invincible défaut, est de parler
toujours seuls, même en compagnie ; ils n'apportent
qu'une attention distraite à tout ce qui se passe autour
d'eux, ils ont trop de plaisir à s'écouter eux-mêmes
pour écouter les autres.

En face de cette comédie lyrique, placez la comédie

réaliste : le contraste est frappant ; cependant, n
nous éloignons de plus en plus de l'esprit de la h$
comédie. L'école réaliste n'est pas aussi nouv$
qu'elle semble le croire, mais elle ne fut jamais $
menaçante. Dirigée par des chefs hardis et conv$
cus, elle a pris l'offensive. Je ne sais quoi de ma$
et d'agressif respire dans ses manifestes ; l'audac$
ses prétentions ne va à rien moins qu'à régénére$
littérature. Ce sont les promesses ordinaires de tou$
révolutionnaires. Je n'ai pas à raconter les envahi$
ments des réalistes dans la philosophie, la pein$
et le roman ; je dois dire seulement ce que la com$
devient entre leurs mains. A leur avis, l'auteur
mique doit peindre les choses humaines dans t$
leur brutale réalité. De quel droit, disent-ils, rej$
ce qui semble laid et grossier ? Vous craignez d'ir$
la délicatesse du spectateur ? C'est de la poltronne$
vous n'êtes pas libres d'adoucir même le trivial ; p$
qu'il existe dans la société, il doit avoir sa place $
la comédie. Vos personnages ne doivent pas se $
peler qu'ils sont en scène ; vous devez nous les m$
trer dans tout le négligé de leur vie de tous les jo$

Cette théorie altère gravement le caractère de la h$
comédie. En effet, la comédie, comme les autres a$
doit demeurer une illusion ; elle doit être l'image
la vie, non la vie elle-même transportée sur la sc$
Certes, si l'artiste travaillait de tête, sans s'adre$
à l'observation et à l'expérience, il tomberait $
tous les excès de la fantaisie ; mais s'il se content$
copier indistinctement tous les traits de son mod$
il manque la vraie beauté, il ne crée pas un type.
haute comédie n'est pas une galerie de portraits $
dividus : ses créations sortent du particulier, qu$
peut donner qu'une grossière, capricieuse et inc$
plète ressemblance, pour s'élever au général, o$

trouve la ressemblance vraie et immuable. Le Misanthrope n'est ni Molière ni M. de Montausier ; le Joueur
ne se nomme pas Regnard ; j'ose dire que le Misanthrope et le Joueur sont plus que Molière et Regnard ;
ce sont les vivantes personnifications de deux classes
de la société. Vous auriez beau photographier, pour
ainsi parler, tous les misanthropes et tous les joueurs
que vous rencontrerez sur votre chemin ; ce seront des
images vulgaires et inachevées, non des types éternellement vrais. C'est que l'artiste a fait plus que de relever avec une scrupuleuse exactitude les traits d'un
individu, il a créé un type : c'est là le secret du génie
et la suprême beauté de l'art. Les réalistes ont oublié
ces grands principes ; mais ils n'ont fait que de plai-
santes et bouffonnes caricatures, rien de plus. Leur
comique a pris sa source dans les parodies de la forme
et de l'extérieur : un paysan a été un homme qui parle
patois et marche lourdement ; un joueur de bourse a
été une sorte d'automate qui tient à son service un
certain nombre de phrases stéréotypées, qu'il répète
sans cesse à tout propos et hors de propos. Les personnages de l'école réaliste sont étroitement empri-
sonnés dans leur caractère ; pendant cinq actes ils n'ont
qu'un seul mouvement uniforme et monotone ; ils ne
s'élèvent pas au-dessus d'une ressemblance toute su-
perficielle. Qu'on me passe l'expression : de tels personnages ne sont que des mannequins qu'un ressort
fait mouvoir ; ils ne vivent pas, ils ne respirent pas
par eux-mêmes, et ils méritent un peu tous ce mot
que, dans une comédie contemporaine, l'un d'eux dit
naïvement de l'autre : « Ah çà ! mais il est empaillé ! »
   Enfin, je dois parler de la plus florissante comme
de la plus dangereuse des comédies contemporaines,
celle que l'on peut appeler la comédie paradoxale.
Cette comédie, aventureuse et entreprenante, aime à

soutenir les thèses difficiles, à relever les causes perdues, et à surprendre le public par des réhabilitations
singulières et inattendues. Il ne faut pas croire que les
auteurs de ces tours de force tiennent beaucoup à gagner leur procès : ils ont trop d'esprit pour être dupes
de leurs sophismes, et j'imagine qu'ils pourraient,
parfois, ressembler aux augures de Rome, qui entre
eux ne se regardaient plus sans rire. Je crois entrevoir
dans leur conduite plutôt un calcul d'intérêt qu'une dépravation de la conscience. Ils savent qu'un paradoxe
spirituellement soutenu n'a rien qui déplaise au public
contemporain, et que l'auteur est plus que *pardonné*
s'il amuse. Par malheur, la morale souffre de toutes
ces légèretés, et c'est ainsi que la comédie est devenue
trop souvent une dangereuse école d'immoralité.

Il faut le dire : Molière lui-même, leur maître, n'a
pas toujours été irréprochable. Il y a des défauts qu'il
est difficile d'attaquer sans effrayer la morale. Molière
a eu tort de nous montrer trop souvent le père de famille ridicule et justement trompé, le mari se précipitant follement au-devant de ses malheurs. Dans son
théâtre il y a trop de fils qui mettent dans leurs escroqueries une si bonne grâce, qu'il est difficile de ne
pas les leur pardonner. Les femmes sont trop souvent
victimes d'un esclavage brutal et ignorant. Aussi, sans
tomber dans les sévérités exagérées de Rousseau, doit-on
dire que Molière, à son insu, a secondé le progrès des
mauvaises mœurs en contribuant, dans une certaine
mesure, à ébranler l'autorité du père, la piété filiale,
la foi conjugale.

Mais nos auteurs contemporains ont changé des
plaisanteries traditionnelles en véritables thèses, qu'ils
démontrent par leurs comédies. Molière avait montré
la vanité de toutes ces précautions tyranniques dont
un tuteur soupçonneux et égoïste entoure sa pupille;

aujourd'hui nous démontrons que pour bien élever sa fille ou sa pupille, il faut la promener de bals en bals, et de spectacles en spectacles. Molière s'était moqué des maris, nous nous sommes moqués du mariage. Molière avait raillé les pédants, nous avons raillé la science. Molière avait attaqué l'hypocrisie, nous avons attaqué la vraie dévotion. La comédie contemporaine ne s'est pas arrêtée en si beau chemin ; elle a montré que l'amour n'était pas une faiblesse, mais le plus sacré de tous les devoirs. Il nous était réservé l'honneur de réhabiliter la courtisane. Les comédies de Larivey sont souvent grossières et triviales ; cependant elles ne sont pas aussi corruptrices que les nôtres par le sentiment. Par exemple, les courtisanes, chez Larivey, sont toujours odieuses : aujourd'hui elles sont parées de qualités trop séduisantes, et, après une vie de désordre, ce sont encore des anges de pureté, de vraies sœurs de charité. Le mot a été prononcé. Un excellent critique (1) a remarqué qu'il n'y a pas une comédie de Molière, Tartufe excepté, où le vice soit sur le premier plan. C'est le contraire aujourd'hui : la courtisane a pris le rôle principal ; elle occupe toute l'attention et attire toute la sympathie des spectateurs. Rien ne manque à sa gloire, pas même l'auréole d'une mort édifiante. Certains pères ne souffriraient pas que leurs filles devinssent comédiennes : qu'ils sont arriérés ! Voici un protecteur qui, dans sa tendresse éclairée, choisit pour sa pupille la profession d'actrice. N'est-ce pas au théâtre que se rencontrent les vertus de la famille ? Les gens de théâtre sont plus vertueux que les gens du monde, puisqu'ils ne jouent la comédie que le soir.

Cette sorte de comédie donne une idée fausse de la

_____

(1) M. Cuvillier-Fleury.

vie, en généralisant les exceptions. Et voici un grand
danger : les esprits faibles embrassent avec ardeur
ces séduisantes faussetés ; ils vont au delà de la pensée
même de l'auteur ; ils appellent préjugés les traditions
du bon sens ; ils colportent par le monde ces ingé-
nieux paradoxes, et à force de les soutenir, ils finis-
sent par y croire.

Mais je ne veux voir que le tort que la comédie se
fait à elle-même. La comédie perd son vrai caractère quand elle prétend prouver quelque chose. Le
devoir du peintre comique est de représenter au spectateur l'image de la société ; il ne doit pas étouffer sa
peinture sous un échafaudage d'arguments. C'est toujours une faute que d'encadrer une thèse dans une comédie. Si cette thèse est mauvaise, c'est un outrage
public à la morale ; si elle est bonne, c'est une leçon
déplacée que vous donnez à des gens qui ne vous la
demandent pas. Encore une fois, la haute comédie
doit demeurer le tableau de la vie humaine : la morale n'a rien à y perdre. En effet, qu'il se rencontre
un peintre comique qui rende avec vérité notre physionomie, il devient, sans l'avoir cherché, un vrai
moraliste. Il instruit d'autant mieux, qu'il ne fait pas
la leçon ; il est moraliste parce qu'il n'a voulu qu'être
poëte comique ; et son enseignement, pour n'être point
dogmatique, n'en a pas moins d'action. C'est que de
telles comédies seront morales comme l'expérience.
Ajoutons, pour rester dans le vrai, que les leçons de
l'expérience sont salutaires, mais incomplètes, et
qu'un sermon, quoi qu'en dise Voltaire (1), vaudra
toujours beaucoup mieux.

_____

(1)   Mieux qu'un sermon, l'aimable comédie
        Instruit les gens, les rapproche, les lie.
                              (Guerre de Genève, ch. V.)

Le trait commun de tous ces genres de comédies que nous venons de parcourir, c'est l'oubli du véritable esprit de la comédie. Et il faut chercher la cause de toutes ces confusions, dans le mépris calculé de toute règle. Du reste, nos auteurs n'en font pas mystère, et l'un d'eux (1) a prononcé cette parole hautaine : « Les règles ne sont rien de plus que les modes, puisqu'elles ont toujours changé et changeront toujours. » Non, mille fois non ! Le caprice n'est pas la route qui conduit à la vraie beauté. Vos comédies, en flattant une passion contemporaine, pourront jouir d'une popularité de quelques jours ; mais quand d'autres passions occuperont l'esprit public, vos ouvrages laisseront paraître toute leur médiocrité, et le silence se fera autour d'eux comme autour de parvenus ruinés. La vraie beauté a sa règle et sa mesure ; elle cherche a élever les âmes, non à surprendre les imaginations ; elle ne trouble pas les grandes traditions du goût, mais elle les confirme. Sans cesse vous parlez de la liberté de l'art et des droits de l'inspiration personnelle ; mais prenez garde de confondre la liberté avec la licence. L'art sait que sa véritable force est dans la sagesse, l'ordre, la discipline, et non dans les élans tumultueux d'une capricieuse inspiration. J'ose ajouter, ô apôtres de la liberté absolue et illimitée de l'art ! que vous êtes moins libres que vous ne tenez à le paraître. Vous cherchez vainement à vous faire illusion. En vous séparant des grandes et simples traditions, vous êtes tombés sous une servitude autrement accablante, celle de la foule !

Résumons-nous. Sans se jeter dans les terreurs d'un pessimisme exagéré, il est permis de s'alarmer de

_____

(1) Georges Sand.

l'état de la haute comédie en France. En parcourant
les nombreuses pièces qui se jouent tous les soirs sur
nos théâtres, on se répète le vers de Martial (1) :

Sunt bona, sunt quædam mediocria, sunt mala plura.

Nous avons cherché à connaître les diverses causes
de cette décadence morale et littéraire. Il nous a paru
qu'il fallait montrer d'abord que le comique s'éteint
dans notre société grave et pensive. Ensuite nous avons
étudié le public contemporain, et nous lui avons re-
proché de traiter la comédie sans respect, comme un
frivole délassement, et non plus comme une œuvre
sérieuse. De là nous avons rendu visite à nos artistes contemporains, et nous nous sommes affligé de
les voir livrés à des préoccupations commerciales in-
dignes d'un art libéral. Enfin, pour pénétrer dans le
vif des choses, nous avons voulu prouver que l'esprit
de la haute comédie est altéré par les diverses tendances qui règnent aujourd'hui sur la scène française.

Il resterait un devoir délicat à remplir ; ce serait
d'apporter le remède au mal. Nous n'avons ni assez de
force ni assez de présomption pour entrer résolument
dans une aussi grave question ; nous nous arrêtons
sur le seuil. Qu'il nous soit seulement permis de donner
à nos auteurs le conseil que Molière s'adressait à lui-
même : c'était de suivre la nature et d'observer la société. C'est la vieille route classique que nous indi-
quons ; nous la croyons encore la plus sûre. Peut-être
que le public, gagné par ces fidèles peintures, re-
viendra à des pensées plus raisonnables, et, après
quelques moments de défiance et d'hésitation, s'écriera
comme le vieillard du xviie siècle : « Allons, courage !
voilà la bonne comédie ! » Et alors s'établira entre les

_____

(1) 1, 17.

auteurs et le public cet accord de sentiments qui paraissait avec raison à Alfiéri (1) la vraie cause de la prospérité du théâtre : « Entre auteurs, acteurs et spectateurs, qui, tous trois, savent et font leur devoir, bientôt on marche d'accord..... Tous trois se donnent la main, et sont en même temps, tous trois, à tour de rôle, la cause et l'effet de la perfection de l'art. »

---

(1) E fra autori, attori, e spettatori, che tutti tre sanno e fanno il dover loro, presto si cammina d'accordo..... Questi tre si danno la mano, e sono ad un tempo stesso tutti tre a vicenda cagione ed effette della perfezione dell' arte.

(Parere di Vittorio Alfieri sull' arte comica in Italia.)

Toulouse, Imprimerie de DOULADOURE FRÈRES.

BIBLIOTHEQUE NATIONALE DE FRANCE

3 7531 01327794 3

BIBLIOTHEQUE NATIONALE DE FRANCE

3 7531 01327794 3

www.ingramcontent.com/pod-product-compliance
Lightning Source LLC
Chambersburg PA
CBHW060848180626
46818CB00004B/1627